the bears' school
꼬마 곰 재키의 운동회

글 아이하라 히로유키 그림 아다치 나미 옮김 송지혜

꼬마 곰 유치원의 꼬마 곰은 하나, 둘, 셋, 넷······. 모두 열두 마리.

모두 건강하게 자라고 있어요.

열두 마리 꼬마 곰 가운데

첫째부터 열한째까지는 모두 남자예요.

막내인 열두째 재키는

하나뿐인 여동생이고요.

이제 좀 있으면 꼬마 곰 유치원의
운동회 날이에요.
꼬마 곰들은 마당에 모여
운동회 연습을 해요.

달리기도 하고
오래 매달리기도 해요.

뜀틀도 넘고
봉 오르기도 하지요.
다들 열심히 해요.

그런데 재키 혼자 시무룩해요.

'나만 맨날 꼴찌야!
달리기, 오래 매달리기, 뜀틀, 봉 오르기
모두 꼴찌라고. 치, 하나도 재미없어!'

재키는 혼자 몰래 빠져나와
씩씩대며 걸어요.

그때, 풀숲에서 갑자기
개구리 한 마리가 폴짝!
"꺅, 무서워!"

재키는
쌩~
냅다 도망쳤어요.

"어?
지금,
나
엄청 빨리 뛴 거 아니야?"

"너도 봤다고?
그럼,
나도 연습하면
오빠들을 이길 수 있을지도?"

"그럼,
막내인 내가
일 등 할 수도 있겠네?"

"졸았어!"

재키는 그날부터
열심히 운동회 연습을 해요.

"할 수 있어!"

"나도 잘할 수 있다고!"

"일 등을 해야지!"

"꼭 일 등을 할 거야!"

드디어 운동회 날이에요.

기다리고 기다리던 달리기 시합을 준비해요.
재키의 가슴이 두근두근 뛰어요.

누가 일 등을 할까요?

모두 준비,

출발!

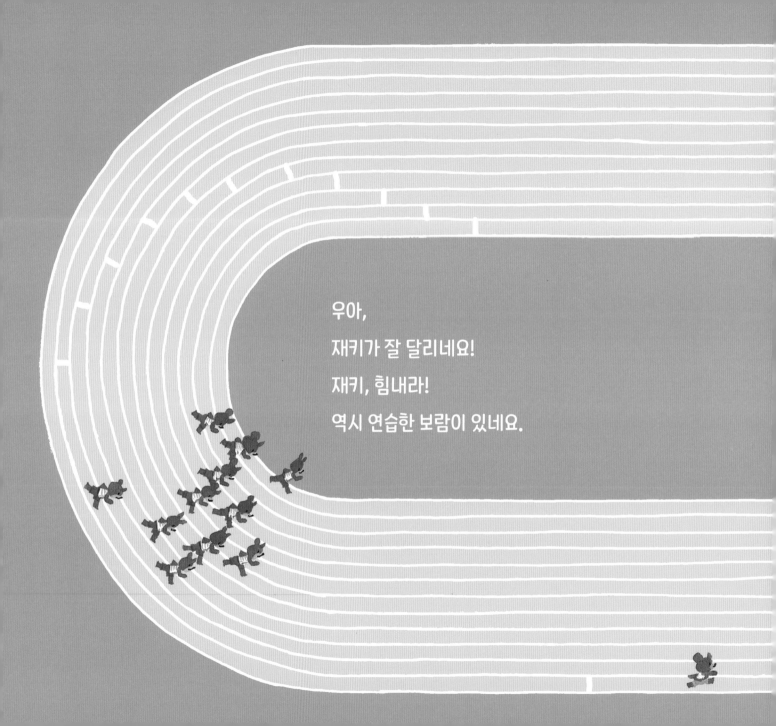

우아,
재키가 잘 달리네요!
재키, 힘내라!
역시 연습한 보람이 있네요.

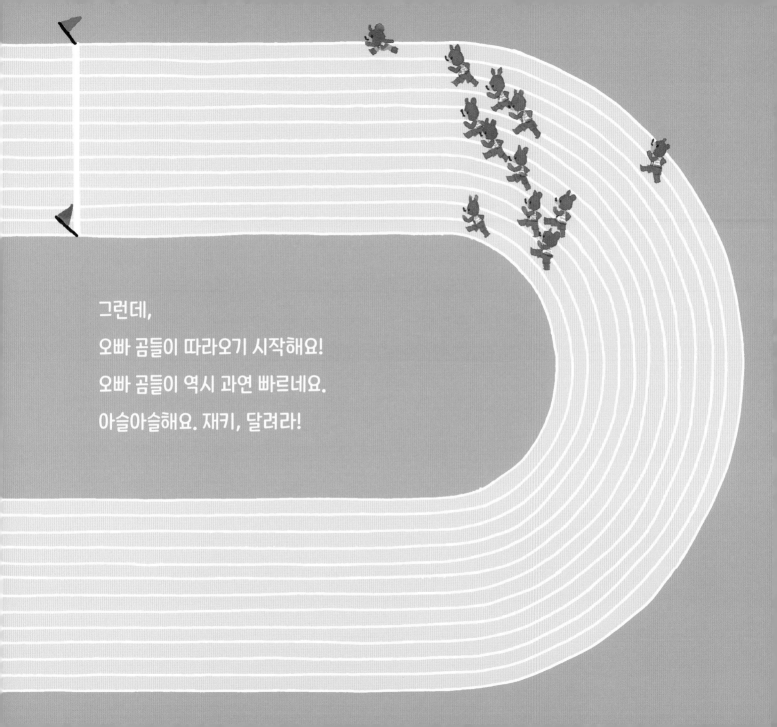

그런데,
오빠 곰들이 따라오기 시작해요!
오빠 곰들이 역시 과연 빠르네요.
아슬아슬해요. 재키, 달려라!

재키는 있는 힘껏 달려요.

재키, 달려라!

어머나, 재키가 맨 앞이에요!

어, 어, 그런데…….

꽈당!

결승선 앞에서

재키가 그만 넘어지고 말았어요.

"으앙~."

'힘들여 연습했는데…….
그렇게 노력했는데…….'

재키는
넘어져 다친 무릎이
아프기도 하고
속상하기도 해서
눈물을 뚝뚝 흘려요.

바로 그때였어요.

결승선을 향해 달리던 오빠들이
휙 돌아
재키에게 뛰어와요.

그럼 그렇죠!
오빠들이 재키를
혼자 내버려둘 리가 있나요!

오빠들은
재키를 번쩍 들어 올려요.

모두 함께
결승선을
통~~~과!

이제 다 함께 점심을 먹어요.
"냠냠, 냠냠! 아이, 맛있어!"
"힘껏 달렸더니 도시락이 꿀맛이야!"

모두들, 참 잘했어요!

글 아이하라 히로유키

아이가 다니는 유치원 친구들을 보고 〈the bears' school〉 시리즈를 쓰기 시작하였습니다.
쓴 책으로는 《꼬마 곰 재키와 유치원》, 《꼬마 곰 재키와 빵집》, 《꼬마 곰 재키의 자전거 여행》, 《꼬마 곰 재키의 빨래하는 날》,
《꼬마 곰 재키의 생일 파티》, 《꼬마 곰 재키의 운동회》, 《내 이름은 오빠》, 《넌 동생이라 좋겠다》 등이 있습니다.

그림 아다치 나미

타마미술대학에서 공부하고 그림책 작가와 디자이너로 일합니다.
그린 책으로는 《꼬마 곰 재키와 유치원》, 《꼬마 곰 재키와 빵집》, 《꼬마 곰 재키의 자전거 여행》, 《꼬마 곰 재키의 빨래하는 날》,
《꼬마 곰 재키의 생일 파티》, 《꼬마 곰 재키의 운동회》, 《내 이름은 오빠》 등이 있습니다.

옮김 송지혜

부산대학교에서 분자생물학과 일어일문학을 전공했으며, 고려대학교 대학원에서 과학언론학을 전공했습니다.
현재 어린이를 위한 책을 쓰고 옮기고 있습니다. 《수군수군 수수께끼 속닥속닥 속담 퀴즈》, 《또래퀴즈 : 공룡 퀴즈 백과》, 《매직 엘리베이터: 바다》 등을 쓰고,
《어린이를 위한 마음 처방》, 《괴물의 집을 절대 열지 마!》, 《호기심 풍풍 자연 관찰: 나비의 한 살이》, 《깜짝깜짝 세계 명작 팝업북 잠자는 숲속의 공주》 등의 책을 옮겼습니다.

꼬마 곰 재키의 **운동회**

글 아이하라 히로유키   그림 아디치 나미   옮김 송지혜

1판 1쇄 인쇄 2024년 8월 27일
1판 1쇄 발행 2024년 9월 9일

펴낸이 김영곤   펴낸곳 ㈜북이십일 아울북
TF팀 김종민 신지예 이민재
출판마케팅영업본부장 한충희   마케팅3팀 정유진 백다희   출판영업팀 최명열 김다운 권채영 김도연
편집 꿈틀 이정아   디자인 design S   제작 관리 이영민 권경민

출판등록 2000년 5월 6일 제406-2003-061호
주소 (우 10881) 경기도 파주시 문발동 회동길 201
연락처 031-955-2100(대표) 031-955-2709(기획개발)
팩스 031-955-2122   홈페이지 www.book21.com

ISBN 979-11-7117-724-0   ISBN 979-11-7117-710-3 (세트)

the bears' school
Jackie's Field Day
Copyright ⓒ BANDAI
First published in 2006 in Japan under the title Kumano Gakkou Jackie no Undoukai by
arrangement with Bronze Publishing Inc., Tokyo. All right reserved.

KC
• 제조자명 : (주)북이십일
• 주소 : 경기도 파주시 회동길 201(문발동)
• 전화번호 : 031-955-2100
• 제조연월 : 2024. 9. 9.
• 제조국명 : 대한민국
• 사용연령 : 3세 이상 어린이 제품